どこからか言葉が

谷川俊太郎

朝日新聞出版

目次

装画　山本由実
装幀　名久井直子

どこからか言葉が

私事《わたくしごと》

バッハが終わってヘッドフォンを外すと
木々をわたる風の音だけになった
チェンバロと風のあいだになんの違和もない
どこからか言葉が浮かんで来たので
ウェブを閉じてワードを開けたが
こんな始まり方でいいのだろうか　詩は

これからしばらくこの紙面に月一回
何かを書かせてもらえることになった
詩として恥ずかしくないものを書きたいが
音楽と違って言葉には公私の別がある

非詩を恐れるほど臆病ではないが
独りよがりのみっともなさは避けたい

今これを書いている小屋は私より年長
赤ん坊の頃から毎夏来ている
六十年前ここでこんな詩句を書いていた
「陽は絶えず豪華に捨てている
夜になっても私達は拾うのに忙しい
人はすべていやしい生まれなので
樹のように豊かに休むことがない」

天使考1

一度でいいから天使を見てみたい　と誰もが思います
だって絵でしか見たことがないのですから
でももしバス停に天使が立っていても
きっと誰も気づかないでしょうね
天使自身だって自分が天使だということを
誰にも教えられていないのですから

天使はウスバカゲロウの羽根を広げて
蟻《あり》地獄《じごく》からふんわりと大気に浮くのです
漢語もラテン語も話せない無学な天使は
歌の気配すらない放射性廃棄物や

とっくに言葉がくたばってしまった議会を
律儀《りちぎ》に見下ろして滑空しています

尻尾があったらいいのにと天使は思います
翼はもちろん大好きですが
ときどき空がうっとうしくなることがあるのです
どこまで行っても終わりがないので
行き止まりになる林の中の道を
犬みたいにハアハア喘《あえ》ぎながら歩きたくなるのです

雨が木立をひっそりと濡《ぬ》らしています
天使の翼も濡れそぼっています
噴水は似合うけれど雨は天使に似合わない
そう思いませんか？

小さな花

きみ　道端の草むらに
ぽつんと咲いている小さな花よ
我々ヒトの言葉で書かれた詩というものに
きみは関心がないだろうし
私は私できみの出自も名前も知らないのだが
私はきみに詩を贈りたい

だがヒトの言葉の有り余る語彙《ごい》で
私はきみを飾りたくない
きみを形容するには美しいの一語で足りる

いや本当はまったく足りない
黙ってきみを見つめているのが一番だが
それでは詩人の私の沽券に関わる

地球を私はきみと分かち合っている
きみと私のいのちの源はひとつ
だがこんなにも形が違い色も違う私たちだ

指できみの花弁にそっと触って
私は咲いているきみと別れて歩き出す
青空に雲がひとひら生まれかかっている

天使考２

仮装舞踏会で天使は蝶になっています
誰にも気づかれずに天使は夜の巷へと羽ばたいて
男たちとリープフラウミルヒなど飲むのです
酔っ払いにからまれると上手にいなします
前世では人間だったのではないか
と　天使は考える必要のないことを考えます

無力が天使の最終兵器です
昔は弩《いしゆみ》で狙われましたが今は空気銃です
しかし矢も弾丸も命中すると瞬く間に
天使に同化してしまいます
天使をやっつけるのに暴力は役に立たないと

テロリストたちも知っています

「音楽の終わった後の沈黙」
という表現は間違っている
と　天使は言っています（テレパシーで）
なるほど「音楽は静けさへ帰ってゆく」
と言う方がふさわしい表現かもしれない
だって音楽が終わった後も
大気はこまごました音に満ち満ちていますから

天使は何も食べないのです
食べたいとも思わないのです
天使はすべてに満足していますが
満足している自分には不満を抱いています

まだ生まれない子ども

まだ生まれない子どもは
ハハのおなかの中で
まどろんでいる
ハハは砂の上に立って
海をみつめている

まだ生まれない子どもは
ハハのおなかの中で
ほほえんでいる
ハハは坂道を上る
日々をたしかめながら

まだ生まれない子どもが
ハハのおなかの中で
身じろぎする
ハハは眠っている
いのちを信じきって

もう生まれてしまった子どもは
それはつまりあなたですが
ハハから遠く離れて
未生から後生へと
いのちを一筆書きしています

物たち

空色のガラスの盃《さかずき》　気に入っているのに
まだ一度もそれで酒を飲んだことがない
独楽《こま》　実測された精度表が付いているチタン製
澄むつかの間を楽しんでいる
口琴《こうきん》　私が演奏できる唯一の楽器
綺麗な布張りの筒に入っている

私は物たちに囲まれて暮らしています
物たちは私が手を触れるまで
おとなしくいつまでも待っていてくれます
しかし考えると物たちにも格差がある

例えば下着の類　常に身近にあるせいか
物として自立していないきらいがある

隣家との塀際の見慣れた老樹
川沿いの公園の散歩に邪魔な石っころ
天井裏にいるらしいハクビシン
植物鉱物動物も言葉通りの「物」だろうか
私がそもそも人間という生き物であるならば
この世のすべては唯物論で片付けられる？

そんな由無しごとを思うのも日本語の
「もの」という重宝な言葉のおかげだと
本日は少々物思い

天使考3

天使は無垢《むく》ですから
金持ちにも貧乏人にも分け隔てなく
あどけない眼差しを向けます
天使にできるのはそれだけなのですが
福祉事務所と税務署は談合して
何故か天使は存在しないことにしています
でも天使はいて　ヒトが死ぬと
何かしてくれるらしいのですが
何をしてくれるのかは
死んでみないと分からないのです

〈天使はぼくのドローンだ〉
と　少年はノートに書きつけます
〈タマシイのリモコンを使って
天使に地獄めぐりをさせてやる〉
ノートを盗み見した少女は黙って
自撮りした写真を少年に見せます
少女の肩に生えかけた翼が
少年には見えません

ゴム動力の羽ばたき機が
ぎこちなく公園の上を旋回して
ぽちゃんと池に落ちてしまいました

はらっぱ

はらっぱでこどもらがはねまわっている
このくにでもあのくにでもはねまわってる
むかしからこどもらははねまわっていた
これからもはねまわるだろう　うんがよければ

おとなはわらいながらそれをみまもる
それをえにかく　うたにする　おはなしにする
それからそれをおもいでにして
せんそうをしによそのくにへでかけていく

はらっぱでこどもらが　ねている

どうしたのだろう
こどもらはいつまでたってもおきあがらない
おとなはもうはらっぱにもどれない

いつのまにかはらっぱはほりかえされて
おおきなふかいあなぼこになった
そのうえにたかいたてものができた
うんよくおとなになったこどもらがたてたのだ

しんでしまったこどもらのことを
いきているこどもはがっこうでまなぶ
こうていでこどもたちがはねまわっている
うつむいてひとりでたっているこどもいる

今は切り株

置き去りにした過去が
いつの間にか追いついて来ている
かつての木陰が今は切り株だが
そこに立っていたひとがいま居るところは
遠いようでいてすぐそこかもしれない

言葉のもたらすものはほんの僅《わず》かだ
と　腑《ふ》に落ちるまでに何十年も
饒舌《じょうぜつ》と沈黙を代わる代わる浪費してきて
いま赤ん坊のアルカイックスマイルに
何ひとつ望まずに微笑み返している

老病死も奪い取ることのできない
そんな何でもない生の一瞬は
誰のどんな人生にもひそんでいて
だがその値打ちに気づかずに
私たちは慌ただしく日々を捨て去る

古い写真が乱雑に突っ込んである箱
その蓋《ふた》を必要があって開けました
写真は私の記憶よりも鮮明で
当時の今がこの今よりも……と書きかけて
続く言葉を選ぶことができません

六月

あなたを待っています
木の椅子に座って
あなたが誰かも知らずに
あなたを待っています

空は曇っていて
でもそれがふさわしい時代
雲間の光のようなヘンデルを聴きながら
あなたを待っています
決して来てくれないと知りながら
独りで生きることに耐え

思い出がそのまま希望であるような午後
いないかもしれないと思いながら
でも待たずにいられないあなたを
待っています　明日を夢見ずに

この世の底知れぬ深みに驚き
禁じられることを恐れず
許されることを期待せずに
どんな祈りにも頼らず
待っています
咲き初めた紫陽花《あじさい》とともに
あなたを

ルバイヤートに倣って

衆生をあの世へ送る使命に硬直して
ファロスに似たものが飛び立っていく
炎と轟音《ごうおん》に揺れる野花を残して
私と業を分かち合う地球の子　ミサイルよ

＊

悲しみは青空に溶けて消えていった
だが悲しみの奥の哀しみは消え去らない
魂の峡谷でいつまでも聞こえている
いにしえからの主調低音のように

＊

心の入れ物の蓋《ふた》を開けるが何も入ってない

慌てて蓋を閉じて空っぽを隠す
そこからだ　すべてが始まるのは
何を入れるかは自分だけでは決められない

*

言わなくていい　書かなくていい
言葉にしようとしないでいい
今お前の心に満ちてきたもの
はるか彼方《かなた》から寄せてきた見えない波を

渚《なぎさ》

入り日の逆光が眩《まぶ》しい
波打ち際に車椅子が一つ
乗っている人の顔は見えない
寄り添う一匹の犬

これで世界が終わるかのような
ここから世界が始まるかのような　今
ありふれた情景が時を止める
遠く教会の鐘の音が聞こえるが……
私の神に人格はない

日々の暮らしに紛れて
私の神はなんとでも呼べる
犬が先に立って車椅子が帰ってゆく

無人の渚で私は待っている
無言の星々の輝かしい顕現を
昼　有り余る豊穣《ほうじょう》に自失して
夜　私は光を秘めた闇に帰依する

終わりのない波音のリフレインに
苛立《いらだ》ちながら救われて

また詩が気になって

さっき昨夜書いた詩を読み返した
一人称を私から俺に代えた
俺はを俺がに代えた
あまり代わり映えしない

言葉は不自由だ
泣き声と笑い声だけで
詩が作れないものか

野球の中継に混じって
豆腐売りのラッパが聞こえる

世のなか平和なんじゃないかと
勘違いしそうになる

至る所に落ちているのに
詩を拾い上げようとすると
世間が邪魔する

辞書では共存しているが
虹とＩＣＢＭの二語のあいだに
詩は割り込めるだろうか

曲がり角

歩いていたら知らない曲がり角があった
昨日はなかったと思うが自信はない
右に曲がると港に出るのではないか
角に立つ空き家はいつ建てられたともしれぬ木造
反対側の売家《うりや》では最新の建材が輝いている
早く曲がりたいのに決心がつかない
小学生が一人平気な顔で曲がって行った
衆議院か参議院にでも行くのだろう
できれば曲がらずに済ませたいが
曲がり角にはそれなりの魅力がある
ぐずぐずしていたら遠くで花火が上がった

もう何かが始まろうとしている
思い切って曲がらずに真っ直ぐの小道に入った
人は歩いていないが猫が歩いている
どこへ通じている道か心配になった
スマホを取り出して地図を開いてみたが
現在地が見知らぬ惑星上になっている
こんなエラーがあっていいのかと
音声入力したら声が（自己責任です）と言った
無責任なアプリだが一理ないこともない
覚悟を決めて猫と同行して歩くことにする
目的地を決めないと気が楽だ
あとは〈以下次号〉と独り言を言ったら
ミヤオと猫が答えた

以下次号

続きを読むのに待たねばならない三十日
子どもにとって未来は待つしかないものだったが
未来は創れるというのが今の大人の空威張り

未来は年刊月刊週刊日刊ウェブじゃ時刊と
みんなアクセル踏み込んでいくけど
さて新しいものはどこにある？

最新の発見で見つけたものは自然のかけら
最新の発明も昔ながらの自然が原料
最新の思想は社会の動きに追いつけない

次号が本号となった日も
あっという間に過ぎ去って
昨日は今日に今日は明日へと千鳥足

現実を言葉で語る輩《やから》もいれば
それを映像でつなぐ奴《やつ》もいるけど
身もふたもない事実の次号は

意外なところであなたを待ってる

ルバイヤートに倣ってまた

たのしもう！　何をくよくよ？
私より八百余歳年上の詩人は酔って無常を嘆くが
素面《しらふ》の私は青空見上げて
変幻自在の雲の媚態《びたい》に酔いしれる

＊

お日様　お月様　お星様
なんの疑問も抱かずにそう呼びかけていた
子どものころ天体はみな神様の親戚
知識に毒されない幼い知恵だったのだ　それは

＊

どんな難題もマルバツで答えられると言うやつがいる

だが際限のない自問自答を繰り返していると
腑《ふ》に落ちる答えなどないということが腑に落ちる
マルとバツの間に虹が立つことだってあるのだ

＊

明日はまだやって来ない今日
昨日はもう行ってしまった今日
分厚いどっしりした歴史書のページに
見えない栞《しおり》のように挟まっている今日を探す

もういーかい

雨音で目が覚めた
起きて顔を洗ったら
食卓の上に雪のように白い兎《うさぎ》がいる
ちょっと驚いたがまァいいだろう

古い日記を読み返した
古い日記を読み返したと書いてある
古い日記に出てきたもっと古い日記は
もう無い

雨がやんだ

自然は気まぐれだ
窓からの陽光が眩《まぶ》しい
お日様は気前がいい

時々もういーかいと訊《き》く奴《やつ》がいる
一応まーだだよと答える
そんな遊び相手も
今にいなくなる

食卓の上にまだ兎がいる
もう顔なじみだ
疑問符には飽き飽きした
感嘆符は呑気《のんき》過ぎる

名なしのごんべえ

独りで詩を書いているのに飽きたので
放り出したままの新聞を開いた
「谷川俊太郎」とは何者かと大見出し
私は咄嗟《とっさ》に心の中で答えていた
はい！たしかに私は〈何者〉という者です

戸籍名は世を忍ぶ仮の名？とすると
私の生のままの名はなんなのか
〈いのちの名はただひとつ
名なしのごんべえ〉
昔の詩句は今も私のうちに生きているが

名なしというのもすでに一つの名前で
ヒトはコトバですべてを名づける
それゆえ無名という特別な名は
命名以前の星の輝きを保っている
と書くのは美辞麗句に過ぎないだろうか

いのちに渇きながら私はヒトを生きる
名にこびりついた垢《あか》をこそげて

雪ノ朝
大人ハ子ドモニナレルンダ
夜ノウチニ真ッ白ニナッテ
起キタラドキドキソワソワナンダ
大人ノ約束ミンナ忘レテ
ドコヘ行クノカ気ニモカケズニ
マフラー巻イテ歩キ出スンダ

イツモト違ウ足跡ナンダ
イツモトオンナジ青空見上ゲテ
ホントノホントハドコ行ッタノカ

子ドモノ頃ハ分カッテイタノニ
ウソガホントノ仮面カブッテ
アチラコチラデ塗リ絵ガ流行ル

雪ノ朝
ココロノ色ハ色々ダケド
今朝ハ真ッ白マッサラナンダ
アタリマエガ不思議ニ思エテ
大人ニカクレタ子ドモガ顔出ス
ヨチヨチ歩キデ星カラ星へ
時ヲマタイデウットリシテル

無知

私の知らないことに
私は支配されている
私が何を知らないのか
それすら私は知らない

見えない壁がある
何世紀にもわたって
人間が築いてきた壁
真実と虚偽を積み上げて
その壁を越えさえすれば

自由になれる
と　私は考えているが
その先にいったい何があるのか

そこで私は何を知るのか
言語を通さずに知る何か
嘘と本当の区別のない何か
無知の未知の地平？

知らないことで
守ってきたものを
知ることで失う
ヒトの知はもろい

失題

処分できずにいた母の学生時代のノートに
作者不明の英詩がひとつ写されていた
繰り返し読むうちに自然に日本語が浮かんだ

*

「城の外で木々が緑濃く風に揺れている
今かたわらにいないことで
おまへは私の明日をつくってくれる

ともに睦《むつ》みあった日々は
私の詩句のうちで何度でもよみがえるだろう
おまへの面影は決して覚めぬ美しい夢

私たちふたりの他はみな操り人形だ
絡まった糸は雲間に消えて
人々は束《つか》の間の自由の幻を楽しんでいる」

＊

英習字の手本のような真面目な筆跡
若かった母はこのころ
恋をしていたのかもしれない

日常

朝　布団の中で伸ばした左手を右手が触っている
握ると自分の手ではなく別人の手のようだ
乾いた握手の記憶ではない恋人の手の感触…

起きると庭木に白い大きな花が咲いている
その木の名を覚えないまま年月が過ぎた
心は今もとりとめなく動き続けている

古い知り合いからファックスが入っていた
金の無心だが詩には金がついて来ないし
金には心がつきまとう　さてどうしたものか

問われることより答えることの方が増えた
答えているといつも自分にホントかな？
と甘えたツッコミを入れたくなる

カタログに何ページもの便器の写真
ここにも「詩」がひそんでいるのは確かだが
容易に言葉にはならない

背負子《しょいこ》だった大きな竹籠がうちの屑篭《くずかご》
燃えるゴミは諦めることを知っている
捨てる前のためらいも結局はそこに捨てる

トゲ

小鳥が囀《さえず》っている
風が木の梢《こずえ》を揺らしている
その上の空

ヒトが創ったものは何ひとつない
すべては自然に生まれたのだ
私の胸は無言の感嘆詞でいっぱいだ

ああ！と言わせる存在を
限りない言葉に満ちた沈黙を
ただ一つの名で呼ぶことが出来るだろうか

すべては自然に属している
ただ「神」と呼ばれるものだけが
自然に宿りながら自然ではない

ヒトの言葉は自然に刺さったトゲ
バラのトゲが原因でリルケは死んだが
この時代の詩人はそれと気付かずに

言葉のトゲで
死ぬ

GENESIS

だれかがつくったわけではない
このよはあのよからうまれてきたのだ
いつうまれたわけでもない
いつのまにかうまれていたのだ

はじめはなにもなかった？
そうだろうか
はじめからなにもかもあったのではないか
ただみえなかったしきこえなかった

いくらときをさかのぼっても

はじまりのはじまりをしることはできない
からだはこのいまをいきるだけ
こころはしらないときにあこがれるだけ

このよはおおきすぎるふかすぎる
あのよはきっともっとおおきくもっとふかい
それにくらべるとかみさまはちっぽけ
にんげんとかわらない

ボクはきょうからまじめににんげんをやっていく

見切る

この人間社会を見切ったと
そう君に言いたいと思ったのは本当だ
見限ったのではない　見切ったのだ
君をではない　自分をでもない　人間社会をだ
偉そうに聞こえるだろうか　傲慢《ごうまん》だろうか
見切ったところから始めようと思うのは

君が思い描く未来を否定するつもりはないが
言葉で描いたものを実現させるには
抽象から具体への　観念から事実への
気が遠くなるような難路を歩まねばならない

どこでその一歩を踏み出せるのか
言葉を置き去りにしてどんな行動を選ぶか

代わり映えしない日常の暮らしの中で
未来に目標を立てるのはいい気晴らしになる
世界がぜんたい幸福にならないうちは云々《うんぬん》と
賢治は書いたが
世界全体なんてものは言葉の上にしか存在しない
「あり得ない個人の幸福」は世界の不幸の只中《ただなか》で
君のちっぽけなココロのうちで生まれるんじゃないか

コトバさん

突然お行儀のいい書き方が嫌になる
コトバさんは公園のベンチに座っているだけで
どこへも行こうとしない
考えあぐねているようだが
考えから生まれる詩は
ほとんど賞味期限が切れている
やみくもに歩き出して
ぶつかったものを拾う方がいい
子どものころは〈屑屋《くずや》さん〉がいた
可燃ゴミも不燃ゴミも背中の籠に投げ入れて
あれはどこへ捨てに行ったのだろう

拾ったコトバの分別と組み合わせが
六十年余コトバさんと交際してきた腕の見せどころ
屑と見えたものがところを得れば
詩の行中で得体の知れないジュエリーに化ける
そのスリルには飽きていないが
俗界のフェイク言葉の垂れ流しの洪水に
真言も浮き沈みしながらプラごみとともに
波間に漂っている

コトバさん　コトバさん
「本当の事」はどこにある？

雲を見ている

雲を見ている
赤ん坊のころは
何も知らずに雲を見ていた
あの白くふわふわしてるのは雲だよと
誰が教えてくれたのか

昔から雲を見ていた
のべつ見ていたわけではない
気がつくと雲に眼が行っている
青空を舞台に
雲のパントマイムは終わらない

雲を見ていると
雲を見ている気持ちに気づく
他の気持ちがみんな消え去って
ただ雲だけがある気持ち
それを誰かに伝える術がない

夕焼けになる前の暮れてゆく空に
輝きを秘めながら雲が散らばっている
理由もなく胸が締めつけられて
まだ生まれていなかった
遠い昔を思い出す

今日も雲を見ている

詩人

中指がタッチパッドの上を滑って
彼は文字を捕まえる　一つまた一つ
かぼそいキノコにも似た詩が
言葉の腐葉土から生えてきている

…女の子が扉を開けると男の子が入ってくる
海は大きな舌で港を舐《な》め続けている
人々は金に取り憑《つ》かれて歩き回っている
女の子が黙って男の子を抱きしめる
外階段をカンカンと上って来る靴音

隠された物語が素通りしてゆく
掌《てのひら》の地図を辿《たど》って行き着けるだろうか
正しさに裁かれることのない国に

水平線にむくむくと積乱雲が湧いて
ヒマワリが太陽に背いてうなだれる
電波望遠鏡が遠い過去を見つめている
女の子の部屋から男の子が出て来た…

詩人は世界を愛している
もっぱら言葉で

ルフラン

朝　烏《からす》ガ啼《な》ク
白湯《さゆ》ヲ飲ム
虚ノ香

記録ニ黴《かび》
老母ノ襁褓《むつき》
綿埃《わたぼこり》

光年ハ夢《む》幻《げん》
一票ハ屑《くず》
真偽ハ不問カ

繰リ返ス生ノ
快不快
四季ガ鈍イ

国歌ノ躁鬱《そううつ》
戸締リ
夢路

朝　微震
七五調
自分ガ重イ

幻村《まぼろしむら》

日が昇る方向に岩山がある
紅葉は急流に溺れ
母はやむなく父を棄《す》てた
狸《たぬき》は今も化けたがる

少女らは歴史を学び
くすりと笑って走り出す
盤面の宇宙を遊泳し
やおら鼻かむ碁敵もいて

野の花々は無名を喜び

賽銭箱《さいせんばこ》には五円玉
市況の数字に無縁な犬猫
卒寿の某女は無事息災

冷たい宇宙の隅っこか
酷《むご》い歴史の吹き溜まり？
ここは一体どこなんだ
春ともなれば土筆《つくし》が顔出す

私はいまここ東京日本で、
幻村のサイトを探す。

このまま

誰が言うのか
そのままでいいと
このままの私に
木の声で
雨の囁《ささや》きで

言葉を手放して
身近な音を
聞く
哀しみは
哀しみのまま

右手の
人を指す指
その指紋が明かす
独りの
私

詩の嘘の
美を
恥じる
曇り空の
下で

天と私

天は聞く
天の無言
私は聞く
人の饒舌《じょうぜつ》

天は見る
宇宙丸ごと
私は見る
VR

天は遊ぶ

永遠を
私は遊ぶ
十連休

天の名は
一つだけ
神の名は
八百万

天は無尽
私は米寿で
則天目指して
去私してる

夜の still life

籠に盛られた果物の絵（作者不詳）
絵葉書になって小さな額に入っている
私を傷つけた昔の文面は見えない
限りなく本物に近い黒光りする拳銃
充電中の開かれたスマホの微光

亡父が使っていた大きな拡大鏡
伏せられた日記（記されたあの午後の記憶）
夢だったかもしれないと今は思う
指紋がついているワイングラスが二つ
エーデルワイスのドライフラワー

日めくりが教えてくれた今日の運勢
どこからかかすかに聞こえるモリコーネ
錠剤が半分ほど入っている薬瓶
いま書き終えた2Bの鉛筆
構図にならないもの言わぬいのちたち

どんな不幸があっても明日は来るだろう

音楽の切れ端

三小節にも満たない
その短いピアノの音の連なりが
世界を定義した
言葉にすると
世界は小さく卑しいものに
縮んでしまうと分かっていたから
音だけを繰り返し心に留めた
その音に苦しみの記憶は一片もなく
昔ながらの故知らぬ哀しみだけが
郷愁のようによみがえる……

世界はそのすべてにおいて美しい
酷《ひご》さも惨めさも醜さも悪も
世界の美しさに抱きとめられるのだから
お前は今日　歴史の行き止まりで安らいでいいと
音が告げている
青空に浮かぶひとひらの雲のように
現れたかと思うと消え失せる
ひとつの和音に続くいくつかの和音
その音楽の切れ端を頼りに
私は一日を始める

鎖

繕う前に糸が切れた
結ぼうとして紐《ひも》が切れた
縛るべき縄も切れて
つなぐための綱も切れた
絆はとっくに切れていて
鎖だけが残っている

私をつなぐ鎖よ　鎖
私に私を捕らえさせ
お前は私を私につなぐ
お前は私を逃さない

硬く冷たい肌に馴染んで
私は今夜もお前と眠る

がんじがらめの私よ　私
鎖に預けた体を置いて
心は宙をさまよっている
自由に憧れ自由を恐れ
夢に遊んで私は待とう
錆《さ》び朽ち果てる鎖の老いを

一行が

一行が立っています
素裸の少女のように
意味に毒されず
紙の雪原に

老いたいろはは
山に捨てられ
フォントの群衆は
声を上げない

未熟児の

丹田にひそむ
コトバの虹色の
小さな渦巻き

立ち尽くす一行の
行く手には
木々の葉擦れ
遠い波音

ひそやかな
愛の囁《ささや》き

つかの間

大事なモノとの縁が切れた
目で見えて
手でさわれた
ささやかな
モノだったけれど

コトは残っている
目をつぶっても
心には見えている
あの日の
あの夕暮れのコト

そこから時が
自然が
真昼の木々とともに
夜更けの星々とともに
暦を捨てて私を連れ去った

声は消えたが
言葉は紙に記されて
動脈静脈の行き交う道の
地図にないそこを探しあぐねて
つかの間立ち止まる

ヨンダルビナ

言葉が詩に化けるのを待ちながら
書きかけている今
外で車がアイドリングしている
唐突に死んだ友人を思い出す

「な」というひらがなに
名や菜を幽閉しているのは
よろしくないと息巻いていた
何年も前のことだ

心は言葉の泡立つ水脈《みお》をひいて

どこへ旅するつもりなのか
つかの間詩を放下《ほうげ》して紅茶を飲む
私という実体！

オーライオーライと
男が大声で叫んでいる
彼奴《きやつ》は今夜何を食すのか
詩も言語以前の事実に拠る

ヨンダルビナという
聞いたこともない地名
そこの天気予報をウェブで探す
意味ない小さな悦《よろこ》び

あるとない

私は貧困を書いたことがない
難病を書いたことがない
比喩で書いたことはあるが
それは事実を書いたのではない

私は戦車に乗ったことがない
国債を買ったことがない
ふざけて棺桶に入ったことがある
田植えをしたことはない

詩人に金を貸したことがある

詩人から金を借りたことはない
私は嘘をつかないと言ったことはない
私は自分を騙すことがある

私は女を傷つけたいと思ったことはない
だが傷つけてしまったことはある
私は何かをないことにしたいと思ったことがある
ないものをあると言ったことはない

日々気ままに暮らしていると
さしたる理由もなく
寂しくなることがないではない
私は警官に不審尋問されたことがある

夜へ

足を引きずって小刻みに歩く
自慢じゃないが私は老人
この歳になって
身についた老いの事実に
幼な子のように戸惑っている

記憶の生垣に沿って行くと
あてどない悔いが襲うが
自責の念はとうに薄れて
感慨は和三盆の甘み
揮発した数行の詩

見慣れた山脈が遠く影絵になった
父親の暴力に打ちのめされた
無力な子どもらを乗せて
しづかにきしむ四輪馬車は
どこへ行けるというのだろう

不老不死

学校が終わって
寮に帰って行く少年の
あてどない郷愁

愛している少女の
遅れている
月の巡り

俗事を告げる
腕のウオッチは
何を見守る?

星には
星の時
ヒトには
ヒトの暦

時間は
不老不死の
時を
日々切り刻む
永遠を知らずに

静かな犬

静かな犬が
私のかたわらにうずくまっている
私の犬ではない
おそらく誰の犬でもないだろう

静かな犬は
もの問いたげに私を見上げる
恨みや諦めの色のない眼
私より上等な魂

いのちはすべて自然の無言に抱かれ

生きて滅ぶ
言葉を持ってしまったヒトだけが
こうして自然に逆らっている

空気が身じろぎする
小川が河に合流する
思い出の花の香り
子どもの遊ぶ声・泣き声

静かな犬は
静かに待っている
次に来る何かを
何の期待も幻想もなく

夕闇

夕闇に向かって
椅子に座っている
隣の部屋から明かりがもれているが
そこにいた人たちは
もうこの世界から立ち去っている
私は十分に苦しんでいない

私のからだの
いちばん深い淵で
誰かがチェロを練習している
音楽以前の素の音が

私のこころの琴線に触れる
私はまだ十分に苦しんでいない

ことばが先にたって
こころがその後をたどってきた
からだはことばを待たずいつもそこにいた
夕闇が濃くなって
遠い空に光が残っている
悲しむだけで私は十分に苦しんでいない

からっぽ

ふたをあけたら
なにもはいっていなかった
からっぽなら
なにをいれてもいいのか
それともみえないなにかが
もうはいっているのか

ふたをとじても
からっぽはきえない
なにもないのにからっぽはある
はこのなかのからっぽは

そとのからっぽにつうじている
からっぽはおそろしい

からっぽに
なにかいれなければ！
なくしてしまったもの
ほしいのにもってないもの
みたこともないもの
どこにもないもの

過去へ

夕焼けの昨日を抜けて
映像の世紀末を過ぎ
過去の洞穴を行くと
じきに自分が始まった日

憶えていないのに
身近なセピアの光景
その奥の薄暗がりで
意味が揺らめいた

体の私がいつしか

言葉の私となって
目は無限を見ようとし
耳は永遠を聞こうとする

どこまでもここしかなく
いつまでも今しかない
夢幻《ゆめまぼろし》の生きる事実の
初夏《はつなつ》の今日のきらめき

疑う人

疑う人は
本当は信じたいのだ
この世の何もかも
だがいつも疑ってしまう

鏡で眼を見ると
邪気がある
そんな自分を疑う
疑う自分をまた疑う

疑う人は散歩に出る

小さな公園のベンチに座る
ぼんやりする
自転車が通り過ぎる

紋白蝶が飛んでくればいいのに
と思ったが
代わりにヘリが飛んで来た
疑う人はへこたれない

信じたい自分は疑わずに
疑う人はうちへ帰る

断る人

断る人は
何を断っているのか
空は断れないし
海も断れないと知りながら
断る人は快活にNOと言う
鼻の頭に汗の粒

断ると怒り出す老人がいる
優雅に微笑む女がいる
蚊を断るには叩くしかない
虎を断る勇気はない

断る元気が薄れてきて
断る人は大文字のYESを夢に見る

似ていても
今日の風は昨日の風ではない
地球のどこかで
人々が目を覚まし欠伸する
断る気分は
いつか煮こごりになっている

語る人

語る人は世界がバラケているのが気になる
物事を妥当な順序に並べ替えて
そこに頼れる何かを見出したいのだ

語る人はお喋りではない
ひとりの時も独り言を言わない
時々ポケットの中の小銭をまさぐる

自分はマトモだと感じている
父母の遺骨を入れた壺を墓に納めずに
書棚のレシピ本の隣に置いている

語る人は元気だ
聞く人がいなくてもどこまでも語る
嘘が混じっても気にかけない

文字よりも声が正直
目よりも耳が敏感
語る人は内心そう思っている

終わらない人

終わらない人は
エンドマークを憎んでいる
まだこの先があるのにと
立ち上がってビールを飲み始める

何事も終えたくないのだ
何かを終えることなど
誰にとっても不可能だと思いながら
彼はビールを飲み終える

終わりがそのまま始まりになる

それが時間の掟《おきて》だ　そう言うと
恋人は嬉しそうに微笑む
永遠という観念があるらしい

俺は終わらないのではなく
終われないのではないか
時折そんな疑念に襲われるが
はかばかしい答えはない

故郷に先祖代々の立派な墓がある
ここ数年坊さんに頼んで
お盆はオンライン

手をついて歌申上ぐる蛙かな　　　　　宗鑑

私はまだ私ではなかった
いのちですらなかった
母の胎内で羊水に揺れながら
私になるのを待ち続けたそれは
いったい何だったのだろう

虫にも魚にも鳥にもならず
人間の形した私という生きものの
生まれたばかりの透き通った魂は

やがて心と呼ばれ精神と呼ばれ
ピンボケの度を深めて行った

だが雲の切れ目のように
どこからか思いがけない光がさして
私は無言で歌うことを覚えた
日々を生きる言葉でありながら
私を掠《かす》めて遠い彼方《かなた》へと消える声

私の言葉は意味の深みで意味を失い
鳥獣戯画の世界に響く和声に
人として加わることを夢見ている

生きている銀

乗り移る人玉ならし蓮の露　　望一

平熱に戻って退屈した幼い私が
うっかり体温計を火箸代わりに
火鉢の炭を突っついたことがあった
体温計は割れて水銀が卓の上にこぼれた
初めて見た銀のしずくは転がって
つまむこともつかむこともできず
他の金属と違うその生きもののような
不可思議な物質感が記憶に残った

有機水銀に冒された娘と母は
ヒトの心でも言葉でもなく
露のような魂で結ばれていた
蓮の葉の上の朝露は
〈生きている銀〉の滴と
溶け合うことは決してないが
その様子を見守る目がどこかにある
と夢見ることは許されるだろう

元はと言えば

実物の私はただの老人
だが詩人という肩書が付くと
普通と違う老人に見えるらしい
ちょっと嬉しいが大いに迷惑

万葉集の詠み人知らず
マザーグースのアノニマス
作者がわからないものにずっと
謎めいた魅力を感じてきた

名前がある父母から生まれて

私にも名前があるが
母の胎内にいたときには
いのちという名しかなかった

元はと言えば素の生きもの
人に生まれて産着の後は
どんどんコトバで着膨れて
おかげで人並みに生きてきたが

歳をとると厚着が重い
コトバを脱いで裸になって
宇宙の風に吹かれたい

どこからか言葉が

二〇二一年六月三十日　第一刷発行

著者　谷川俊太郎
発行者　三宮博信
発行所　朝日新聞出版
〒一〇四-八〇一一　東京都中央区築地五-三-二
電話　〇三-五五四一-八八三二（編集）
〇三-五五四〇-七七九三（販売）

印刷製本　株式会社加藤文明社

定価はカバーに表示してあります。
落丁・乱丁の場合は弊社業務部（電話〇三-五五四〇-七八〇〇）へ
ご連絡ください。送料弊社負担にてお取り替えいたします。

初出：朝日新聞　二〇一六年九月二十八日〜二〇二〇年十二月二日

Published in Japan by Asahi Shimbun Publications Inc.
ISBN978-4-02-251761-6